流 淌

张佐平 ◎ 著

百花洲文艺出版社
BAIHUAZHOU LITERATURE AND ART PRESS

图书在版编目（CIP）数据

流淌 / 张佐平著. -- 南昌：百花洲文艺出版社, 2022.1
ISBN 978-7-5500-4627-6

Ⅰ.①流… Ⅱ.①张… Ⅲ.①诗集－中国－当代
Ⅳ.①I227

中国版本图书馆CIP数据核字（2021）第280594号

流淌
LIU TANG

张佐平　著

责任编辑	胡青松
书籍设计	李秀娟
制　作	李秀娟
出版发行	百花洲文艺出版社
社　址	南昌市红谷滩新区世贸路898号博能中心一期A座20楼
邮　编	330038
经　销	全国新华书店
印　刷	济南普林达印务有限公司
开　本	880mm×1230mm　1/32
印　张	6
字　数	144千字
版　次	2022年2月第1版第1次印刷
书　号	ISBN 978-7-5500-4627-6
定　价	43.00元

赣版权登字 05-2022-14
版权所有，盗版必究
邮购联系 0791-86895108
网　址 http://www.bhzwy.com
图书若有印装错误，影响阅读，可向承印厂联系调换。

自序：让真善美的心灵在人间自由流淌

一个善良的人，无法抗拒一切美好的召唤，也无法放下对一切阴暗丑恶的鞭笞。诗言志。《毛诗序》中说："诗者，志之所之也。在心为志，发言为诗。情动于中而形于言……"必须在有了情感上的触动、不发不快、表达愿望强烈的时候，写出来的东西才有情、有义、有理，也才有真正意义上的"诗"和美文出现。不心动，勿作文；硬着头皮抠东西，不仅痛苦，而且写出来的文章必定像没煮熟的土豆，生硬晦涩！当心中热血沸腾或者荷尔蒙爆棚的时候，写出来的东西一定是有感染力的，而木讷和心如止水应该是写作的天敌。一个真正的写作人就是一个激情满怀的人，即使面目冷峻，内心也应该有一团火在熊熊燃烧！写作是灵性的创造，而不是手脚的建造！虽然古人也有"两句三年得，一吟双泪流"的苦苦斟酌与求索，但那只不过是写成之后对一些细枝末节的琢磨罢了！最初的成文不应该有这么痛苦和难熬的！所以，我认为，写诗作文都应该是水到渠成，展开笔墨，美妙的画面、意象、文字应汩汩而来。当然，这要涉及人生

阅历和学识修养的问题，这是额外的话，不在这里赘述。

　　有了强烈的表达意愿后，选择怎样的"言说"方式也有考究。之前，我出版过一本新诗集叫《在夔州，抖落的风尘》，现在我的这本诗集叫《流淌》，是一本旧体诗集。很多的诗人，要么只写讲究音韵平仄的旧体诗，要么只写"五·四"运动之后的新诗。我不是这样，我总是根据不同的抒写对象来选择不同的言说方式。新诗，灵动自由；旧体诗，音韵和美。读起来各有各的味道，写起来也各有各的长处！自孩童时代起，或许是因为最先接触"远看山有色，近听水无声。春去花还在，人来鸟不惊"这些通俗美丽诗句的缘故吧，我写诗其实最先是受这些古代名家的影响，是从写"古诗"开始的，因为我觉得"古诗"一般短小精悍、音韵和谐、便于朗读和记忆，似乎更便于我即兴抒发，几分钟就能完成几句，一吐为快！至于个别地方的修改完善就自然是后面的事了！

　　看到桃花开了，我要写下："年年东君恋故地，几度春梦上枝头"；见到了秋天的大巴山，我要抒发："万座峻峰连秦楚，五彩霜叶遍山岗"；看了《归来三峡》的演出，我由衷敬意："雄音飘越白帝庙，古今圣贤夜不眠"；捧着奉节脐橙，我要赞叹："荆棘常绿属奇树，花果同辉艳山川"；重庆诗友来了奉节，我要吟诵"待到明朝酒醒处，美文如风满诗城"；我祝福高考的学子："十年寒窗今又至，妙笔如花绘丹心"；我深爱着帮扶的对象：

"三年帮扶成亲人，一世情缘摘穷帽"；我歌颂阻击新冠肺炎的英雄："全民闭户抗疫日，万千白衣战不休"。

当然，看到良田的荒芜，我也呼吁："路尽农业示范园，蓬花如雪遍地生"；重阳到来，我感叹人生易老："枫叶一簇凝霜重，秋鸿万里看大江"；一个亲人过早离世，我无比悲伤："苍天常把好人废，人间又将鳏寡添"；对几多不如意的事情，我自要调侃一番："人生几回误秋事，长空一笑随云淌"……

兴之所之，情之所至，发于心声，没有任何矫揉造作的成分，如甘泉、如浊浪从灵魂深处涌来，所以只好将这本集子取名为《流淌》了，这也恰好印证了我的诗观：诗是心灵的流淌，诗是流淌的心灵，我手写我真，我手写我心！我要尽力让我的诗如流水一样欢快自由！不做"无病呻吟"应该是我在诗歌领域的价值追求。也就是说，我写东西，至少总有那么一点"此情此景"激发了我，否则就没有写作的必要，无论写"古诗"还是"新诗"，情形都一样！

正因为我享受这种写作的流畅和痛快，所以我无暇更多地去顾及平仄、对仗等格律诗的严苛要求，意尽而文止。这本集子，只有少量讲究格律的诗词（已在题目上注明），我也没有刻意去把它们都写成四平八稳的律诗和绝句，那不是我所追求的。但是，为了音韵的和谐，我注重了押韵。全集分《游历》《心语》《奋斗》三辑，收录了165首诗词，基本上都是押的《中华通韵》。因为，

我觉得"韵"越宽，越有利于思想的表达，写起来会顺手自如得多。与其说是一本旧体诗集，倒不如说是一部带有新诗韵味的"古风"集。我是不赞成现代人还去用"平水韵""词林正韵"强迫着自己去写旧体诗词的，因为同古时相比，这当中的很多韵字在今天的读音发生了很大变化，和我们的"普通话"相去甚远。那么，如果我们今天的人还憋屈着按照这样的韵部去写诗，写出来的东西有可能让现代人读起来蹩脚拗口，达不到朗朗上口的效果，这是读者不喜欢的。我们要了解古人，要理解、继承古人留下的优秀文化遗产，但绝不是盲目模仿——东施效颦只会贻笑大方！其实，在古诗词领域，唐诗宋词就已经是一座难以逾越的高峰，如果还沉浸在对它们的机械模仿中，没有内容和形式上的创新，显然对诗词文化的发展是无益的，或者说是徒劳的！基于此，我选择了自己的"言说"方式，让读者读起来顺口，让我的意思表达明白、让意境得到较好的呈现就OK了！所以，或许有的人认为我的这些七言、五言的句子还不叫真正意义上的"诗"，或许会遭到诗界大咖的很多非议，但我顾不上那么多了！写了，我就要让它见到天日。或许能捡到几个喜欢的读者呢？

在结集校对的过程中，得到了奉节作家协会杨辉隆主席、夔州诗词学会陈学斌会长、白帝诗社李茂斌同志的耐心指导和热情帮助，这里一并表示衷心的感谢！

2021年6月23日

目 录

第一辑 游历

西藏行 ·· 3

《归来三峡》首演 ································· 7

回吐祥 ·· 8

今日瞿塘峡 ·· 9

咏夔门（四首）··································· 10

猫儿梁 ·· 12

凌晨步行夔桥上 ································· 14

清晨散步吐祥公园 ····························· 15

秋雨放晴登凤凰梯 ····························· 16

去陕西镇坪县的路上 ························ 17

陕西飞渡峡 ·· 18

石笋河 ·· 19

水调歌头·屏峰石林 ·························· 20

题周淑梅母女冬日游滨河公园	22
雾锁瞿塘峡	23
新夔门	24
新三峡	25
雨中游北戴河	26
云雾山	27
云雾山避暑	28
朱衣湖	29
巴南南湖红叶	30
听北师大教授讲"夔州诗"	31
国家博物馆	32
海陵岛	33
和"缘如水"《舟行瞿塘》	34
七绝·又见龙桥河	35
莲花池春色	36
秋天渡口坝水库之傍晚	37
题扬州瘦西湖二十四桥	38
万州奇芳花谷	39
七律·"出彩"的夔门长江大桥（通韵）	40
下坡村	41
夏日荷塘	42
七绝·写在库区蓄水175米之后（通韵）	43

晨　游	44
七绝·瞿塘黄栌	45
七绝·远观昨夜大雪得句（通韵）	46
咏兴隆镇	47
去长安乡	48
瞿塘感怀（三首）	49
兰英大峡谷之挂壁公路	51
七绝·巴蜀的桃林（通韵）	52
"皇廷"风光	53
七律·皇廷酒店咏怀	54
买脐橙	55
七绝·冬之落日	56

第二辑　心语

自画像	59
感　冒	61
治丧乱象	62
落　叶	63
红心火龙果	64
聚　会	65
2018年的第一场雪	66

晨　练	67
奉节脐橙	68
七绝·七夕感怀（通韵）	69
年　华	70
七夕有感	71
秋老虎来了	72
秋日火红的栾树	73
秋　雨	75
夔城酷暑	76
叹万州坠江公交车	78
题刘亚军、杨雪渡江游泳	79
题三角坝避暑房	80
雾罩山顶	81
夏夜遐想	82
校园蜡梅	83
野菊花	84
咏　雪	85
月下散步	86
咏"第三届中国·白帝城诗歌节开幕式"	87
七绝·夔门咏怀（通韵）	88
重　阳	89
初春于三马后山观长江消落带有感	90

悼念大凉山木里火灾遇难英雄	91
悼念好兄弟万正学	92
七绝·2021元旦感怀（通韵）	93
海棠花开	94
渝州诗友聚夔门	95
祭屈原	96
立夏风雨动诗情	97
龙舞吉祥	102
逆　飞	103
秋分抒怀	104
桃　花	105
团　年	106
白山樱	107
戏说我的小学	108
赠诗友李茂斌	110
中朝友谊	111
逐　梦	112
清　明	113
七绝·逝去的芳华（通韵）	114
七绝·追　春	115
庚子清明诗友李茂斌返奉四首	116
七律·沉痛悼念袁隆平院士	118

与瞿克勇一起咏梅溪河大桥合龙 …………………… 119

题棋园 ……………………………………………… 121

七绝·中秋夜半 …………………………………… 122

七律·冬日咏怀（通韵）…………………………… 123

七绝·换眼镜 ……………………………………… 124

七绝·家住高楼 …………………………………… 125

七律·题咏"三八节"（通韵）…………………… 126

卧听秋雨 …………………………………………… 127

写李茂斌未能参加庚子年末"夔州诗词学会"年会… 128

第三辑　奋斗

幸福中学这些年 …………………………………… 131

太阳村扶贫谣 ……………………………………… 137

回兴隆中学有感 …………………………………… 141

我当校长二十年 …………………………………… 143

冒雨走访贫困户 …………………………………… 144

二〇一八秋开学典礼诗二首 ……………………… 146

三校联谊 …………………………………………… 148

扶贫即兴二首 ……………………………………… 149

观重庆大千艺校舞蹈表演 ………………………… 150

幸福中学 …………………………………………… 151

学生晨跑	153
七绝·养花（通韵）	154
送考生	155
题2018年县中学生运动会	156
写在即将"脱贫"的时刻	157
校门楹联三幅	158
下庄天路	159
重庆访学有感	160
七绝·落寞的生涯	161
七绝·观农户家中宰杀的大肥猪	162
高考两首	163
和吴明权局长	165
在红土乡听南部县朱书记脱贫攻坚报告有感	166
欢迎山东滨州实验中学、重庆南川书院中学一行来我校交流（组诗八首）	167
咏乡村振兴	170
七绝·神舟十二号三位航天员成功返回着陆（通韵）	171
遗传和变异	172
渝州诗友点赞幸福中学	173
阻击"新冠肺炎"组诗三首	174
红土菜花开	176
感叹武汉解封	177

七律·十年……178

七律·贺孟晚舟回国（通韵）……179

七律·辛丑年陪退休教师去三峡第一村欢度重阳节（通韵）……180

七律·咏永安中学高2021级"远足"活动（通韵）……181

百年颂歌……182

第一辑

游历 /YOULI/

西藏行

夙愿多年去西藏,
朋友四家别夔门。
颠簸七日入拉萨,
回想来路太艰辛。
川藏线上沟谷深,
高山雪峰入青云。
路途风光雄奇险,
蓝天白云无纤尘。
上上下下路难走,
车如流水朝前奔。
几回超车出状况,
险象环生吓断魂。
高原反应虽不爽,
车内歌声笑吟吟。
中国最美景观道,
万壑千山慰友人。

大渡铁索今仍在,
遥想当年泪满襟。
金沙雅砻澜沧江,
江江闻名见精神。
怒江七十二道拐,
死亡路段够惊心。
然乌帕龙藏布江,
唯美一段永留存。

布达拉宫关键点,
两日拉萨解谜团。
信徒朝拜感天地,
达赖金身藏千年。
文成公主震撼剧,
实景真切史无前。
羊卓雍措纳木措,
圣湖碧玉落九天。

回程走上青藏线,
好似车行在云端。
白云蓝天仍常在,
茫茫千里大草原。
唐古拉山昆仑山,

山风凛冽刺骨寒。
可可西里保护区,
偶见羚羊无人烟。
印象最深在安多,
海拔高度近五千。
料知留宿最难处,
一夜头疼未入眠。
戈壁绿洲格尔木,
海拔两千身心欢。
吃饱喝足睡好觉,
全体团友换新颜。
此去茶卡独特景,
湖如镜面水连天。
青海湖边花正盛,
环湖半周不流连。

回家急急心心切,
一日千里到陇南。
停车刚入一餐馆,
忽觉地动桌椅掀。
原来九寨发地震,
相隔百里坐针毡。
女士几位惊弓状,

嚷嚷立走奔广元。
男士沉着细思量,
真有大事也枉然。
决定安心睡大觉,
明日启程回家园。
家人挂念忧心忡,
问候不断话连连。
一夜无事早起去,
傍晚时分终团圆。

此去西藏感受多,
雄险奇异勿多谈。
行路里程六千五,
耗时足足十五天。
眼睛天堂身地狱,
处处美景记心间。
艰辛历历实实苦,
换胎五个行路难。
不言个中小插曲,
顾全大局担双肩。
安全抵奉最美景,
高原友情万万年!

2018.8.16

《归来三峡》首演

瞿塘峡口驻宏船,
霓虹飞舞唱高天。
雄音飘越白帝庙,
古今圣贤夜不眠。

2018.12.13

回吐祥

双手灵活打方向，
山路弯弯到吐祥。
宝来随我七年整，
至今飞奔满气场。
兄妹数人从京转，
设宴畅谈聚一堂。
可赞成功不忘本，
农家饭菜千里香。

2018.8.19

今日瞿塘峡

青云俯瞰夔门雄,
百水汇流大江东。
千年猿鸣啼幽远,
今朝船行响晴空。
喜听诗仙彩云曲,
遥看神女无恙中。
先贤点赞后生辈,
造福人民胜杜公。

2018.12.16

咏夔门（四首）

其一

玉带连接三峡巅，
夔门从此赋新言。
三峡最高最美处，
夔州领跑渝东先。

其二

大禹劈山治凶水，
今人筑坝拦河断。
世纪工程造美景，
长湖千里卧山涧。

其三

船行碧波如蚁小，
瞿塘红叶胜巫山。
不见落木萧萧下，

犹闻橙香丝丝甜。

其四
日落峡江两岸翠,
诗城一片不夜天。
小康奉节跨大步,
归来三峡谱新篇。

2018.10.30

猫儿梁

——仿词牌《念奴娇》而作

红椿坝上,
望山巅,
常伴云遮雾绕。
晴日登顶放眼望,
沟壑幽众山小。
两水分流,
交汇成河,
环乡似半岛。
夔州首峰,
愿登高就领跑。

忆往昔携生游,
枯茅摇风,
尽是羊肠道。

而今兴龙建石梯，
两千级插云霄。
风拂花香，
蝉鸣雀跳，
草青丛林茂。
清凉几许？
问神仙乐逍遥。

2019.1.21

注："兴龙"指云雾土家族乡在外创业的成功人士余兴龙。

凌晨步行夔桥上

晨昏大江阔，
夜宿舟船多。
悠悠向前移，
微微泛细波。
江岸一线亮，
光影舞婆娑。
长笛凌空吼，
壮音上银河。

2018.11.19 清晨

清晨散步吐祥公园

清清河边一条道,
绵延数里到新桥。
秋虫鸣雀争早起,
知了蟋蟀唱串烧。
草绿花红枝叶茂,
蓝天碧水白云飘。
游人熙熙接肩踵,
咕咕私语乐陶陶。

2018.8.20

秋雨放晴登凤凰梯

仰望凤凰梯,
似与云端齐。
青石台阶上,
换步三千级。
秋凉登山顶,
雨后碧如洗。
县城山根下,
半截扎江里。
空中洁白雾,
片片细游移。
遥望江南岸,
遍地绿柑橘。

2018.9.22

去陕西镇坪县的路上

宁河水清朝南去,
我等逆流向北方。
蜿蜒驱车巴山路,
驰谷越岭九回肠。
万座峻峰连秦楚,
五彩霜叶遍山岗。
不见夜雨涨秋池,
明朝晴晖洒满乡。

2018.10.27 晚于陕西镇坪县

陕西飞渡峡

秦巴深处秋意浓,
清流缓缓淌山间。
飞渡峡边彩叶艳,
晨光辉煌照金山。
半阴半阳接天际,
碧玉罩顶万里蓝。
树密如竹林野静,
神泉飞瀑闹腾欢。

2018.10.28 陕西飞渡峡

石笋河

方柱宏笋接云霄,
离奇故事赋神谣。
峰顶点燃星星火,
万州城内连天烧。
奉利公路挂壁过,
羊肠小道已遁消。
葡萄脆李丰饶地,
乡亲生活步步高。

2018.8.20 晚于吐祥石笋河

注:传说若有人在石笋顶上烧火,万县城就会燃烧三天三夜。

水调歌头·屏峰石林

久居深山里,
无语论亲疏。
一山悬石危岩,
娲女撒珍珠。
经历万年风雨,
危坐正襟聚目,
看草木荣枯。
柳家湾名号,
新貌数城沽!

修公路,
建梯步,
迎客乎?
游人来往如织,
物异景尤殊。
矗壁崖临河坎,

立吊楼观前面,
巷小旅人粗。
放眼春风处,
锦绣漫山铺。

2019.1.20

题周淑梅母女冬日游滨河公园

公园冬日无寒意，
红黄斑斓唤春风。
莫道谢幕为时早，
母女如花艳长空！

2018.12.1

雾锁瞿塘峡

长望瞿塘浓雾中，
赤甲白盐隐无踪。
举世无双大夔门，
也成天地一囚笼。

2018.12.15

新夔门

大禹治川水,
劈山开画屏。
今日赋新意,
三峡之巅名。
形态最高处,
内涵赋神形。
巅峰望瞿塘,
舟微湖水平。
青山映峡江,
久有笛声鸣。
不见落木下,
绿云缀黄橙。
滟滪沉江底,
万壑坦途行。

2018.10.29

新三峡

世纪工程创伟业,
万里长江立巨栏。
峻岭平湖七百里,
瞿塘水流南津关。
过去船鸣战激流,
如今舟行碧波间。
放眼风物虽迥异,
永世流传皆是仙。

2018.11.18

雨中游北戴河

主席诗词千古吟,
秦皇岛上逐梦行。
今来狂风伴骤雨,
白浪滔天待晚晴!

2016.7.23 雨中北戴河

云雾山

夔南鄂西半岛山,
青山座座藏良田。
猫儿巅峰平地起,
屏峰石林赛路南。
清风浩荡消暑处,
吊楼凌空绿水边。
摆手歌舞唱民富,
岁岁七夕胜新年。

2019.1.15

云雾山避暑

驱车直上云雾山,
一路清风爽心颜。
蝶恋参花馨香重,
风拂烟叶绿浪翻。
红墙青瓦如徽寨,
吊脚楼坊似古轩。
消暑欲登猫儿梁,
若观石林峡谷边。

2019.1.23

朱衣湖

微波拍岸诉温馨，
新城靓影入明镜。
青山端坐平湖上，
岁岁碧水应时令。

2018.12.11 晚

巴南南湖红叶

一片红霞湖边生，
瑶池锦缎落凡尘。
蓝天凝眸云驻影，
绿水青山献殷勤。

2019.3.29

听北师大教授讲"夔州诗"

室外秋阳照京华,
浓情侃诗皆大咖。
杜甫秋兴传千古,
今日再读灿若花。

2019.10.31 晚

国家博物馆

气势恢宏说事情,
件件馆藏稀世珍。
中华复兴千古事,
而今奏响最强音。

2019.11.2

海陵岛

碧海蓝天两不厌,
海中仙岛似帆船。
乘风破浪归何处,
天际白云椰林边。

2019.3.16

和"缘如水"《舟行瞿塘》

诗中几回咏瞿塘，
雄关急峡天风高。
今日再来逐绿水，
满船歌声浪滔滔。

2019.3.3

附：《舟行瞿塘》（作者：瞿克勇，网名：缘如水）

碌碌荒年俗事多，
十年未从瞿塘过。
两岸山峰云雾里，
水平如镜一江阔。

七绝·又见龙桥河

龙桥好景不常在，
今日荒榛入眼来。
岁间经年未曾往，
桥斜花没少人栽。

2021.10.5

莲花池春色

——和方传太题画诗

岭上莲池岁月长,
桃红李白遍山岗。
谁家女孩晒娇艳,
竟与鲜花斗芬芳。

2019.4.1

附:

春盈莲花池,
传贵有点痴。
谁家女娃子?
请君作首诗!

(方传太)

秋天渡口坝水库之傍晚

水天一色幽蓝蓝,
阴阳入镜两岸山。
我欲湖中揽秋景,
静谧不忍动客船。

2019.10.20 晚

题扬州瘦西湖二十四桥

暖暖青山环湖绕,
二十四桥醉神谣。
又见雕栏布彩绘,
更有玉砌绿丝绦。
一轮明月漾春水,
几曲笙箫动树梢。
若是杜牧再到此,
玉人诗情满春宵!

2019.4.24

万州奇芳花谷

奇芳花谷少奇芳,
远来百里梦一场。
几朵小花笑美女,
吾喜凉亭避烈阳。

2019.4.6

七律·"出彩"的夔门长江大桥(通韵)

飞架长桥通两岸,
高悬巨柱立云天。
江风数度咏雄奇,
钢索百折思永安。
字戏游龙施彩绘,
光摇清梦扼夔关。
张张宏伞献诗意,
片片惊鸿去日边。

注:1."出彩"是指在夔门长江大桥上安装的霓虹灯饰;2."永安"指奉节县政府驻地永安镇。

2021.8.14

下坡村

绿树荫荫一径深,
新房幢幢听蝉鸣。
猫狗檐下戏鸡兔,
又闻廊上谈笑声。
蓝天艳日晴正好,
洁院美村驻云影。
期盼此地长久住,
偿还青春一段情。

2019.3.20(看诗友视频作诗)

夏日荷塘

满池碧绿映青天，
暖风微微伴云闲。
苞蕾亭亭羞待放，
恋恋春心向叶边。

2019.8.1

七绝·写在库区蓄水175米之后(通韵)

时至秋冬浊变清,
碧波似镜一张明。
常思湖底泥沙水,
端的有无风浪生?

2021.10.10

晨 游

晨起健身寻幽径,
伴有岩泉松涛声。
路尽农业示范园,
蓬花如雪遍地生。

2019.7.22

七绝·瞿塘黄栌

峡江绿水映春日,
壁上黄栌缀新枝。
牵袂扯裾依鸟道,
去岁红殒最相思。

2020.03.22

七绝·远观昨夜大雪得句(通韵)

昨夜西风连夜紧,
枯枝瘦叶入泥尘。
今朝极目远山处,
一抹黛痕白首巾!

2020.12.26

咏兴隆镇

石乳峰下清泉淌,
暗河迷宫万年长。
第一天坑盘古造,
夸娥拔河地缝张。
四方佳宾览胜境,
八面来客谱华章。
幢幢洋楼平地起,
摆手风情美名扬。

2008.11.3

去长安乡

一路风景到长安,
葱葱笋峰来眼前。
盘山九曲皆越过,
尽头又是一片天!

2020.4.5

瞿塘感怀（三首）

（一）

巍巍壁立瞿塘关，

绿水盈盈过舟船。

我携春风来数度，

最喜赤甲白云天！

（二）

远望白帝枯山堆，

碧江之上少翠微。

诗仙吟曲千秋醉，

蜀主留言万世悲。

（三）

今来李白行舟处，

故事千年意朦胧。

当年我若登此地，

拱手豪饮酒三盅！

2021.2.15

兰英大峡谷之挂壁公路

峡巅万丈壁,

斩腰穿天路。

唇穴三尺阔,

车行神无主。

2020.12.5

七绝·巴蜀的桃林（通韵）

巴蜀桃林花正艳，
蜂儿迎客舞翩跹。
不迷粉蕊亮人眼，
更喜枝头五月天。

2021.3.4

"皇廷"风光

诗城有店曰皇廷,
冠以佳名达五星。
朝迎橙林峰叠秀,
暮听湖水诵涛声。

2021.3.3

七律·皇廷酒店咏怀

西部新城立圣楼,
坐观丽苑写春秋。
皇廷名冠盛暖意,
酒店诗题咏静幽。
俯瞰湖滨春水绿,
仰望天际信鸿啾。
五星美传通江海,
贤俊慕名来五洲。

2021.3.3

买脐橙

溜溜圆圆灿灿果,
路边一线堆满箩。
车客探头询价位,
主言尝后往下说。

2021.2.9

七绝·冬之落日

黄晖脉脉抚江面,
岸上城楼入景中。
数九寒天明月夜,
长河落日复西东。

2021.1.5

第二辑

心语 / XIN YU /

自画像

表情严肃自带来,
块头不大勿言帅。
不喜逢迎个性刚,
口恶心善是常态。
臭嘴一张说直话,
内心从来不相害。
做人做事讲原则,
严守底线不袒坏。
常遇污言加冷语,
一笑了之释情怀。
吃苦耐劳似爹娘,
只顾拉车头不抬。
知足长乐常感恩,
不逐名利心自开。
从教三十一年整,
尽力做好育良才。

一路艰辛从不惧,
攻坚克难把头埋。
主政学校有三所,
座座发展上台阶!

2018.9.18 晨于奉节

感 冒

连续两夜发轻烧,
昏昏沉沉夜难熬。
昨日涕落双泪流,
今早声哑情更糟。
座中众人皆说笑,
吾如木偶无话聊。
他日清音歌一曲,
豪情万丈到碧霄。

2018.12.22 于重庆

治丧乱象

亲人故去悲伤事，
而今吊唁怪相多。
不见孝子哭灵前，
却有美女唱高歌。
载歌载舞闹半夜，
花枝招展弄婆娑。
更有麻将伴亡魂，
笑语声声乐呵呵。

2018.11.30

落 叶

——和孙卿

黄叶满天洒,
落地便为家。
愿做护花泥,
随香走天涯。

2018.10.25

附:《落叶》(作者:孙卿)

落叶非无情,
为有新使命。
走完这一程,
期待再一春。

红心火龙果

奇株异草上棚架，
粗条绿蔓周垂伏。
此物本是热带生，
马氏移回栽夔土。
香花开在芒刺边，
硕果挂去远端疏。
一粥红瓤薄皮内，
甜唇尝过艳如朱。

2018.12.24

注：马氏，即马灼登，夔门街道长岭村人，将热带水果火龙果引来进行大棚种植。2018年12月22日下午，我们一行人去参观了这个种植基地，品尝了味美多汁的火龙果。

聚 会

寒天一壶酒，
有朋邀相聚。
菜肴未全上，
酒香已四溢。
先行敬大家，
后续各表意。
酒至三巡后，
满桌话依依。

2019.1.7

2018 年的第一场雪

厚褥锦衾仍觉寒,
原来大雪落高山。
今年冻霜来时早,
一到立冬入寒天。
自古瑞雪是吉兆,
哪管江春入旧年。

2018.11.8

晨　练

阴冷数日心意烦，
舒筋活骨习晨练。
风清气朗高天远，
万壑晴晖霞满天。

2019.1.13

奉节脐橙

一棵母树传久远,
衍苗富民数万千。
荆棘常绿属奇树,
花果同辉艳山川。
不与桃李争闹市,
独展形色夺寒天。
中华美誉第一果,
脆嫩化渣比蜜甜。

2018.11.18

七绝·七夕感怀（通韵）

玉露经年又此宵，
关山重阻路迢迢。
牛郎织女千般恨，
唯见银河白浪高。

2021 七夕

年 华

年轻留得三须胡，
而今每日全刮光。
少时装老老想少，
自然规律岂可扛？
过去历历皆风景，
留下人生细思量。
走进半百天命年，
再无气盛和轻狂。

2018.12.2

七夕有感

云雾山乡庆七夕,
篝火摆手唱高声。
牛郎织女千古恨,
哪似这般能抚平?
今人示爱更奇葩,
手指一动五二〇。
若是如此表爱恋,
人间岂有真感情?

2018.8.17 七夕

秋老虎来了

夏日炎炎渐消去，
一场秋雨送凉寒。
窃喜暑热已远离，
谁知秋虎又下山。
今日气温三十七，
不逊盛夏艳阳天。
近年气候多怪异，
酷热难耐走极端。

2018.8.19 晨于家中

秋日火红的栾树

世人喜常绿,

经久不枯凋。

吾独赞栾树,

粗干入云高。

春风一到地,

嫩芽满树梢。

夏日绿密冠,

伞顶山峦包。

秋阳天静朗,

红花似火烧。

冬枝拥沃野,

脂膏壮新苗。

无论肥与瘦,

枝繁花叶姣。

四季都热烈，

豪气冲云霄。

注：今日去太阳村走访贫困户，沿途栾树花开，一株株，一片片，红艳似火，顿生感慨，拙笔一首。

2018.9.29 晚

秋　雨

秋雨数日不停歇，
叶落千山万木疏。
尤愁寒冬尚未到，
却盼春风入屠苏。

注：2018年11月7日清晨，只听见窗外滴答滴答的秋雨仍在下个不停。三天了，都是这样下着，冷飕飕的。联想到今年经济严重下滑，寒意阵阵，故赋诗一首。

夔城酷暑

年年三伏天，
暑气蒸夔门。
今年尤为甚，
久不见甘霖。
温度四十二，
连续上三轮。
街面空荡荡，
撑伞两市民。
热浪袭全身，
衣湿贴背心。
走路气不畅，
热毒阻胸襟。
绿树成蔫状，
萎似秋风林。
偶有风暴起，
枯叶乱纷纷。

惊喜大变天，
天际堆黑云。
周边发洪水，
奉节无雨淋。
烈日当复照，
连晴再升温。
想上三角坝，
无奈事缠身。
躲进空调屋，
慵懒不出门。
长居斗室内，
已觉头脑昏。
年甚一年热，
未知是何因。
但愿此状况，
破解有高人！

2018.8.15 日晚于奉节

叹万州坠江公交车

公安破解黑匣子,
还原真相惊世界。
误站女客瞎胡闹,
失控师傅亦作孽。
假如双方忍一忍,
哪有车毁和人灭?
只叹十数条生命,
稀里糊涂成鱼蟹。
人间美好艳阳天,
远胜地府漆黑夜。
天下众生须谨记,
规则如铁莫逾越。

2018.11.2 日晚

题刘亚军、杨雪渡江游泳

一库碧水泡裸体,
游毕上岸秀胸肌。
只见周身多肥肉,
不知闺妇迷不迷?

2018.9.16 日下午

题三角坝避暑房

远眺巍峨连绵山，
脚下浩瀚松林苑。
周遭峰峦拥福地，
一马平川是家园。
葡萄架下悠闲步，
野人洞府自在玩。
入住三桥为村民，
返璞归真乐欢天！

2018.8.16

雾罩山顶

氤氲盘弥在山顶，
周遭混沌少光明。
何时云开雾霾散，
朗朗晴空现天庭。

2018.11.11 晨

夏夜遐想

端坐自家露台边，
星空深邃诉情怀。
欲问天公居何处，
更叹嫦娥住寒台。
火箭数支冲天去，
归舱几回落地来。
中华航天大发展，
神州更应惜英才。

2018.8.17 晚

校园蜡梅

校园蜡梅凌寒开,
玉蕊满树香自来。
花中傲骨当属汝,
不媚蜂蝶别样材!

2019.1.7

野菊花

野菊花儿满山坡,
百花凋残奈若何!
菊中无名最小辈,
开在当下暖心窝。

2018.11.21

咏 雪

彩排半载九天外,
潇潇洒洒下凡来。
凌空起舞弄仙子,
落地拥物孕新才。
人间盛宴期几许,
枝头梨花数度开。
枯瘦山河冠绒帽,
茫茫平地成瑶台。

2019.1.2 晚

月下散步

清辉洒地面,
霜重气凝寒。
玉盘高天挂,
四周孤寂然。
长影随身走,
同步转圆圈。
岁月催人老,
难觅身心欢。

注:2018.11.21 晚于长岭杠养老院看望老丈母。

咏"第三届中国·白帝城诗歌节开幕式"

秋阳高照瞿塘岸,
白帝城头鼓乐喧。
五大篇章涌诗情,
千人舞美献宏篇。
最是结尾动心魄,
歌唱祖国响云天。
红旗飘扬成大海,
祝福中华万万年!

2019.9.28 晨

七绝·夔门咏怀（通韵）

天堑数回失镇守，
几多豪气意难平。
打从江水变湖水，
笑看清浊自在明。

2021.10.20

重　阳

菊艳酒浓又重阳，
斗室茶暖庆芬芳。
枫叶一簇凝霜重，
秋鸿万里看大江。
自古佳节多说事，
如今半生话短长。
壮士雄风不言老，
黄花猎猎遍地香。

2019.10.7

初春于三马后山观长江消落带有感

库岸盘长蛇,
雾雨洒江天。
试问两岸林,
春到瞿塘山?

悼念大凉山木里火灾遇难英雄

巍巍大凉山,
雷公把火点。
浓烟蔽天日,
烈火焚树干。
陡峭军情急,
奉命扑凶焰。
老天最无情,
急把风向转。
儿郎三十人,
瞬间成焦炭。
木里风怒号,
雅砻泪潺潺。
为何天不公,
吞噬稚弱冠?
声声你走好,
人间满哀怨!

2019.4.3

悼念好兄弟万正学

噩耗一声传故园,
镇江苦雨洒江天。
兄弟谦恭又勤俭,
亲友交口齐称贤。
苍天常把好人废,
人间又将鳏寡添。
西去路上你走好,
来生再续今世缘!

2019.12.26

七绝·2021 元旦感怀(通韵)

岁月难听旧时劝,
风霜雪雨又一年。
跌跌撞撞入元日,
漫漫尘烟锁大川。

2021 元旦

海棠花开

蜡梅尚在斗芬芳,
海棠枝头又怒放。
今朝春风来唤醒,
一片艳丽胜梅香。

2019.1.31

渝州诗友聚夔门

渝州诗友聚夔门,
薄酒寸心把客迎。
登临白帝千般景,
漫步廊桥一段情。
天下雄关无与比,
高峡平湖任船行。
待到明朝酒醒处,
美文如风满诗城。

2019.5.19

祭屈原

壮志未酬千古恨，
粽香难了一段情。
秦将铁蹄踏国破，
楚臣老泪望山倾。
姊归意欲举大事，
汨罗怒吼唤亡灵。
离骚声声问天苦，
忠奸日月自分明。

2019.6.7 端午节

立夏风雨动诗情

2019年立夏深夜，风狂雨骤，凉如寒冬。门窗山响，扰人清梦。孤灯寂寞，咬文侃诗。瞿克勇（缘如水）、方传太、廖运新、周淑梅（诗梅）、张佐平（乐山乐水）几位诗友在网上唱和，风趣幽默，几多佳作，是以记之！

缘：
狂风呼啸震窗棂，
疑似鏖战动刀兵。
今日立夏惹了谁，
扰我清修梦难成。

新：
疾风骤雨应立夏，
农民不用把犁挂。
闲散之人休怨憎，
锅里有啦碗有啦！

缘：
风雨应节传佳话，
天地恩情莫忘哒。
唯愿锅碗都装满，
幸福生活人人夸。

缘：
风起忧伤乱敲门，
孤灯残照倦犹醒。
几多愁绪上心头，
斜卧床头听雨声。

诗：
箕伯威怒夜震立夏，
狂风席卷落尽繁华。
但见满园千红万紫，
香消玉殒唯有枝丫。
世间万事何须介怀，
谁能永葆碧树红花？

缘：

桃红李白花落春枝,
只为情到贪结果实。
箕伯呼啸庆贺立夏,
栽秧千行遍地成诗。
世间万事随风随缘,
回眸深深夜雨当时。

缘:
三更半夜谁敲门,
惹我老朽动春心。
多年不曾花下约,
未必美眷探故人。

张:
请问美眷有几人,
是否常来扰春心。
今夜风儿来探路,
诗人哥哥快开门。

缘:
但愿校长话成真,
今晚直接不关门。

只怕一夜没人来，
冻得哥哥身冰冷。

张：
几回梦里动春心，
今夜肯定不关门。
不惧寒风吹我冷，
欲火早已在烧身！

缘：
心如死凼不染尘，
枯树前头万木春。
恭喜校长陷花丛，
字字句句说各人。

方：弄得缘兄心痒痒的

缘：
心如陈潭已入定，
无风无浪无花荫。
咬文嚼字憋诗句，
闲听夜雨敲窗棂。

一群好友聚银屏，
无菜无酒也醉人。
权当诗歌作佳酿，
恢谐幽默欢笑声。

龙舞吉祥

龙舞祥云生玉烟,
大年如歌万民闲。
瑞气升腾接天宇,
吉祥一片照人间。

2018.2.18

逆 飞

厉风起兮似闪电,
秃枝如魔舞翩跹。
雁阵逆袭入乱里,
心向故园绿水边。

2019.4.13

秋分抒怀

时至秋分日渐凉,
冷暖黄叶自思量。
人生几回误秋事,
长空一笑随云淌。

2019 秋分节

桃 花

粉嫩片片露娇羞，
蜂蝶戏蕊使人愁。
年年东君恋故地，
几度春梦上枝头。

2019.3.18

团 年

青烟渺渺漫山间,
祥云笼罩过大年。
爆竹一响辞旧岁,
盛宴满桌庆团圆。
家常几句话旧事,
祝福数声展笑靥。
神州大地同庆贺,
金猪献瑞永向前。

2019 年春节

白山樱

高大山樱生绿野，
怒放满树好热烈。
村头一簇最入眼，
枝上瑞雪随风曳。
可赞当下尽绽放，
不问明天长绿叶。
纵使花落不结果，
潇洒来过赛一切！

2019.3.10

注：今天回城路上，看到一树怒放的白山樱，感觉无论人还是树，只要像这样热烈地开过一回就够了！

戏说我的小学

我入人世那些年，
"文革"大乱陷深渊。
上学没有新书包，
拧个布袋进校园。
名为学校无教室，
租用农房三两间。
旁有猪栏常叫唤，
臭气袭来熏上天。
上课无本无教材，
开头就学老三篇。
美其名曰是操场，
土坝一块如弹丸。
下雨陷泥不能拔，
天晴几日灰满天。
上面打球很痛苦，
乱蹦乱跳又乱弹。

运动项目均自找,
鹰抓小鸡滚铁环。
女生常抓小石子,
男生陀螺挥响鞭。
春夏来去光脚丫,
奔跑如飞似箭弦。
冬日手足长满疮,
提个火盆御风寒。
作业没有无人管,
放牛割草掏鸟蛋。
打架扯皮常发生,
片刻和好烟云散。
老师换了五六茬,
至今不知为何变。
小学五年学不多,
桩桩趣事金不换。

注：写于2019年"六一"儿童节。

赠诗友李茂斌

蓉城李茂斌，
群中大明星。
一日数篇诗，
句句抒心声。
才把友人送，
又咏白帝城。
吟诵出心脯，
思乡浓情生。
公孙梦一场，
昭烈大厦倾。
夔门雄关在，
红叶遍山岭。
半生游子意，
深深故园情！

2019.4.3

中朝友谊

白山黑水情意长,
跨越世纪仍芬芳。
林海挥鞭追贼寇,
雪原拾草充肌肠。
鸭绿江边一挥手,
上甘岭头闪火光。
今日中朝再聚首,
续写友谊新篇章。

2019.6.21

注:写在习近平总书记访问朝鲜之际。

逐 梦

巨石千斤奈若何,
新绿向阳逐梦多。
来年长成参天树,
一样绿荫满山河。

2019.2.14

注：观巨石压一嫩苗而作。

清 明

又是一年清明到,
霏霏细雨雾沉沉。
举国降旗悼同胞,
青山万里送亡魂!

2019.4.4

七绝·逝去的芳华（通韵）

虬枝仍旧吐新芽，
未见蜂蝶觅好花。
老蕊不争往时艳，
只将硕果献农家！

2020.3.15

七绝·追 春

一山高过一山外，
林涧鲜花次第开。
欲看春光不言败，
筑条仙路上瑶台。

2020.3.19

庚子清明诗友李茂斌返奉四首

其一
茂斌返奉千里行,
社长设宴在夔城。
三杯两盏美酒后,
半醉半醒咏清明!

其二
知音就是群中人,
写诗作文好声音。
你我都传正能量,
不负人间四月春!

其三
今晚酣醉只为缘,
茂斌返奉众心欢。
两曲放歌起高潮,

明朝诗城有宏篇!

其四

茂斌返夔城,

连日聚不休。

饮尽三杯酒,

高歌唱风流。

昨夜浓橙味,

诗情不可收。

唱和出雅韵,

欣逢好春秋!

2020年清明节

七律·沉痛悼念袁隆平院士

禾下乘凉留伟梦,
仓廪丰实九州同。
炊烟处处升暖意,
稻菽重重悼国公。
一世薅秧守田圃,
半生觅种望星空。
功高劳苦定鸿论,
瘦骨清风穹宇中。

2021.5.25

与瞿克勇一起咏梅溪河大桥合龙

郑万高铁千村过,
彩虹越过梅溪河。
来年坐车到处晃,
一路欢呼一路歌。

你我同把高铁坐,
相互搀扶游山河。
祖国美景看不够,
铭记深恩在心窝。

附:瞿克勇原诗

每次路过梅溪河,
都要轻轻煞一脚。
希望高铁通车后,
全国到处去哆嗦。

彩虹飞上梅溪河,
盛世中华谱新歌。
乘上高铁到处耍,
还吩张校带上我。

2020.5.29

题棋园

弈棋靠经营,
步步需用心。
人生亦如此,
世事局局新。

注:"棋园"指在学校鸿志楼内庭打造的一处文化景观。

2020.6.28

七绝·中秋夜半

人世清辉不解愁,
月圆中夜意难收。
万般思绪随风去,
何惧天凉好个秋。

2021 中秋夜

七律·冬日咏怀（通韵）

日进深冬气愈寒，
出门即遇叶霜蔫。
一城霓帔亮慵眼，
两道枯枝指上天。
莫怨流光挥厉手，
只怜凛冽入夔关。
人生起落归时运，
满路尘泥混紫烟。

2021.1.6

七绝·换眼镜

水晶一换万般醒,
忽觉世间天地明。
极目远山云际处,
心仪海晏又河清。

2021.1.18

七绝·家住高楼

朝朝暮暮舟船进,
我住高楼听杂音。
原本人生多误会,
低层才好觅清心!

2021.4.15

七律·题咏"三八节"(通韵)

曾是深闺住画栏,
而今伸手亦擎天。
巾帼神箭探穹宇,
蛾黛江城战瘴顽。
佳日正逢花叶茂,
盛时巧遇百年间。
九州踏碛逐嘉梦,
醉看春光满霁山。

2021.3.8

卧听秋雨

独居斗室清气寒,
卧听秋雨入情殇。
几缕闲愁伴西风,
数日淅沥透心凉。
双节佳期囫囵过,
五岳胜景寻梦乡。
遥思满河长流水,
滔滔不绝向远方。

2020.10.3

写李茂斌未能参加庚子年末"夔州诗词学会"年会

有朋在蓉城,
年末欲还乡。
无奈山水遥,
群里诉感伤。
明年高铁通,
靓身现华堂。
先饮三大杯,
且做太白狂。
信手咏宏文,
又把美味尝。
川渝本一家,
诗情洒大江。

2021.1.25

第三辑

奋斗
/ FEN DOU /

幸福中学这些年

——献给所有为幸福中学发展壮大作出贡献的人们

老校位于五号桥，
上有滑坡白衣庵。
库区蓄水一七五，
校门操场全被淹。
起初不想易旧址，
改换门头到北面。
长长石梯朝下走，
坑内校园不舒坦。
地窄址偏十五亩，
陈旧拥挤不堪言。
风吹破窗穿堂过，
雨打危墙掉泥丸。
江水日夜冲库岸，
冷月映波心胆寒。

数次频发小地震，
大小裂缝遍校园。
安全压力有山大，
孩童两人赴黄泉。
社会声誉跌谷底，
人心涣散凝聚难。
教学质量全县比，
年年垫底最后边。
幸福称谓已不实，
改变现状不容缓。

县委县府英明策，
决定整体搞搬迁。
选址永乐酒溜村，
几经周折方定弦。
〇八开始量土地，
征用拆迁难上难。
好在多数识大体，
辛苦一年征迁完。
面积总共三百亩，
都夸办学好地盘。
〇九动工五月间，

建设中断常缺钱。
各级领导都焦虑,
资金短缺咋个搬?
教师集资四百万,
群策群力度难关。
渝鄂两地勤奔走,
争取移民得强援。
真金白银八千万,
一期建设不再烦。
没日没夜加油干,
搬迁定在戊戌年。
八月十七搬东西,
九月师生住新园。
三年搬迁催人老,
多少时日夜不眠。
最是辛苦唐主任,
甲方现场全包干。
个中酸楚自体会,
无米之炊泪潸潸。
幸好后期资金足,
大功告成心亦甘。

二期三期后续建,
又来资金上亿元。
总共投资两亿多,
直到今年建完全。
设施设备都齐备,
全县一流无需谈。
楼房雄伟气势宏,
道路开阔视野宽。
绿荫片片蔽烈日,
鸟鸣声声学子欢。
四季花开春常在,
蜂蝶成群舞林间。
遥望对岸新县城,
都市繁华展新颜。
平湖万顷满江景,
依山傍水第一观。
夜幕降临落江面,
过往船只唱鸣弦。
万家灯火齐点亮,
灯光倒影水连连。
天城山江成一体,
星汉一片耀璀璨。

每当赏此瑰丽景,
心旷神怡赛神仙。
昔日兔走荒野地,
今天筑成学府苑。
特别有种成就感,
心里美美勿多谈。

自从入驻此宝地,
教育质量节节攀。
告别末尾升名次,
连续多年位在前。
初中有望前八强,
高中也是位当先。
由弱到强艰辛路,
今朝壮大换新颜。
为何进步提速快,
其中必定有渊源。
两手抓来两手硬,
质量搬迁效果显。
拨乱反正祛邪气,
治理歪风树新贤。
崇尚公平求规范,

原则底线不放宽。
身心品行为第一,
狠抓质量重如山。
风清气正尽全力,
负重拼搏齐攻坚。
学校发展势头猛,
朝气蓬勃向明天。
坚持幸福好理念,
四自校训置心田。
育人目标须牢记,
精细管理常抓严。
两主两度兴课改,
引领教学不停闲。
毅然倔起强校梦,
实现可期在眼前。
初心不忘来时路,
担当使命扛在肩。
相信再过二十年,
幸福聚会比蜜甜!

2018.8.4

太阳村扶贫谣

回想当初三年前,
群众怨气冲云天。
门前坑洼泥泞路,
堰塘渗漏饮水难。
土坯泥房处处是,
断壁残垣真危险。
村前寨后垃圾飞,
柴禾农具乱成团。
房屋院落不勤扫,
满庭灰土断残垣。
鸡鸭猫狗随性走,
禽畜粪便满街沿。
辍学孩童时时有,
无钱举步入校园。
若逢大病没法治,
常有冤魂赴黄泉。

村里产业无支柱,
全靠外出挣工钱。
农村脱贫任务重,
致富大事不轻闲。

二〇二〇奔小康,
全国上下齐攻坚。
神州大地摘穷帽,
我县定在一八年。
连续两年誓师会,
千人场面好壮观。
书记亲自下命令,
县长布置详细谈。
各级立下军令状,
不破楼兰誓不还。
所有干部到一线,
只留一人守机关。
镇村队伍是主力,
县级领导把头牵。
帮扶单位出实招,
倾情奉献无怨言。
村村驻扎工作队,

户户帮扶有人员。
干群挥汗打硬仗,
攻城拔寨战犹酣。
每逢双月督战会,
唯恐黄牌到身边。
迎难而上动真格,
千斤重任担双肩。

解决八难拔穷根,
实现八有换新颜。
就医入学全保障,
不愁吃来不愁穿。
家家户户路通坦,
硬化道上车马喧。
建塘牵管入农户,
清清山泉味甘甜。
幢幢洋楼平地起,
如同白玉缀山间。
绿树荫荫掩村落,
家园整洁雀鸟欢。
秋日稻田金满地,
举目四望锦绣悬。

红土之乡负盛名,
贡米产业谱新篇。
小康梦想将实现,
太阳百姓暖心尖。
千言万语道不尽,
党的深恩代代传。
小康路上不停步,
重整行装再向前。
风雨艰辛扶贫路,
此篇献给新纪元。

2018.8.6

回兴隆中学有感

今回故园感慨多,
离别依稀已十年。
五度春秋写辛劳,
正风肃纪克难关。
为提质量想千计,
竞争残酷排万难。
至今想起多不易,
感恩同事记心间。
遥想当年条件苦,
朽木旧楼难避寒。
男生入厕百米远,
女舍鼠患闹腾欢。
誓把破楼全撤掉,
无奈离任未建全。

冬日北风三面吹,

查寝路上帽掀翻。
冰封大地常缺水,
手脚不洗达数天。
双手红肿写作业,
瑟瑟抖抖读诗篇。
兴隆学子令人敬,
几多成才胜先贤。

感谢继任几位哥,
费尽心血建校园。
稚苗已成参天树,
陈旧面貌换新颜。
稳中有升提质量,
雄风不减仍在前。
放眼满园心潮涌,
红红火火艳阳天。

2019.8.23 晚

我当校长二十年

有喜有忧二十载，
磕磕绊绊行路来。
夙夜在公去私利，
殚精竭虑树情怀。
几多雄心沉大海，
体制关山实可哀。
若有杠杆撬地球，
定叫教育放光彩！

2019.1.10

冒雨走访贫困户

风雨无阻去扶贫,
百日攻坚忙不停。
路边秧苗长势旺,
房前屋后绿盈盈。
车入院内迎亲人,
满堂老少好欢欣。
立即让座倒茶水,
还问几点就动身。
小猫小狗凑热闹,
蹭到脚边格外亲。
家长里短问一遍,
诸事顺利好开心。
清洁家园号召灵,
里外干净好情形。
硬是挽留吃中饭,
纯朴话语寄深情。

婉言谢绝出门去,
叮嘱开车要慢行。
雨过天晴回程路,
窗外风景如画屏。
但愿心血不白付,
来日验收获美名!

  2018.8.1 于红土乡太阳村

二〇一八秋开学典礼诗二首

其一

烈日酷暑已远去,
金风送爽迎秋来。
年年岁岁开学季,
现在又把典礼开。
过去年度喜事多,
质量再上新平台。
今日总结兼表彰,
创先争优育英才!

其二

咬定精细不放松,
狠抓落实正三风。
作风建设在路上,
严格执纪不放空。
质量中心生命线,

德体强化全贯通。
常规活动常开展，
能力提升融其中。

2018.9.21

三校联谊

昨日霜雪落山尖，
三校联谊在竹园。
寒风凛冽何所惧，
活动火热暖心田！

2018.12.7

注：三校指重庆大学城一中、竹园中学、幸福中学。

扶贫即兴二首

其一　伐树

攻坚冲刺如战场,
村民路边伐树忙。
为梁为柱作贡献,
风雨不侵住新房。

其二　栽油菜

老王担粪我栽秧,
一畦完工时半晌。
来年春风到此处,
蜂鸣蝶舞菜花香。

2018.11.3 午太阳村

观重庆大千艺校舞蹈表演

俊男靓女十七八,
辞父别母校为家。
苦练功夫五个月,
剑指高考夺奇葩。
男儿来势排山倒,
女孩展姿水推沙。
但愿来年揭榜日,
个个梦圆笑如花。

2018.12.21 晚作于重庆

幸福中学

——仿词牌《沁园春》而作

夔桥南端,
平湖江岸,
恢弘焕然。
占三百宝地,
高馆阔园;
花香鸟语,
绿荫树繁。
依山傍水,
赏波逐弦,
万家灯火水涟涟。
至今日,
真扬眉吐气,
尽换新颜。

变化覆地翻天,
筑巢引凤玉鸣招鸾。
抓精细管理,
教化愚顽;
教学改革,
质量领先。
四自教育,
特色凸显,
师生奋力齐向前。
看明天,
喜发展蓬勃,
凯歌再还!

2019.1.11

学生晨跑

——仿词牌《清平乐》而作

天色未晓,
宿管催晨跑。
几个懒虫不起早,
暖被窝藏活宝。

急哨催促数通,
华灯点亮夜空。
嘹亮乐曲响起,
方阵齐步如风。

2019.1.17

七绝·养花（通韵）

吾家陋室阔阳台，
一抹绿植信手栽。
无事闲来常润水，
闭门照样看花开！

2021.12.19

送考生

一年高考到来时,
气势磅礴又出征!
十年寒窗今朝至,
妙笔如花绘丹心!

2018.6.6 于幸福中学

题 2018 年县中学生运动会

今年运动会,
定在我校开。
后勤忙数周,
油盐酱醋柴。
食宿与安全,
重点细安排。
宾朋四面至,
健儿八方来。
奔跑如飞骑,
腾空十米外。
球场争夺紧,
终不失友爱。

2018.11.24

写在即将"脱贫"的时刻

冬日蒙蒙总觉早,
阳光遮面未来到。
残叶不敌寒风紧,
青松犹挺霜枝笑。
三年帮扶成亲人,
一世情缘摘穷帽。
白发苍苍忆今日,
重读小诗觅味道。

2018.12.9

校门楹联三幅

紫气西来龙腾盛世展宏图
大江东去春临人间奏华章
（2011年）

迁新校升完中一路高歌豪情满怀珍惜今日
创市重铸品牌坚定不移信心百倍走向未来
（2012年）

临县城傍长江风景无限诚祝此园又添新貌
抓改革突质量发展如飞恭贺我校再上台阶
（2015年）

下庄天路

下庄深深一口井，
绝壁四立断人行。
自古一百零八拐，
肩挑背磨伤身形。
愚公相林率村民，
誓与山神动刀兵。
开战丁丑冬月间，
历时七年梦圆成。
挂壁天路八公里，
六位英雄成亡灵。
至今犹听山炮响，
铁锤钢钎鸣长声。
啃山嚼石真不易，
满怀崇敬无限情。
如今下庄入小康，
天路越走越光明！

2021.4.18 晚

重庆访学有感

三个时日匆匆忙忙，
公办民办均到访。
都言应试误人深，
却话素质陷迷茫。
理论实践两张皮，
专家学者二面光。
教育关山路重重，
谁敢提刀动真枪？

2018.12.20 于重庆

七绝·落寞的生涯

耿介勤劳何惧困,
忠于教育最深情。
手持弱笔想千卷,
只叹荆榛遍地生!

2021.10.7

七绝·观农户家中宰杀的大肥猪

脑满肠肥不知险,
今逢屠手了尘缘。
命该断绝终须断,
哪管声嚣动九天!

2021.11.22

高考两首

其一
寒窗苦读十二年,
朝朝暮暮攻书山。
笑容满面入考场,
春风得意写美篇。
疾书有如蚕食叶,
奋笔恰似泉涌潭。
祝愿个个登金榜,
踌躇满志向明天。

其二
每年六月七八日,
千军万马战雄关。
只身勇过独木桥,
犹记苦读晨昏天。
今日鏖战考场里,

明朝揭榜位当先。
寒来暑往十二载,
百花盛开香满园。

2019.6.8

和吴明权局长

待您今后一身闲，
去到新疆看蓝天。
大漠孤烟挥巨笔，
长河落日写诗篇！

2019.5.20

附：吴明权原诗

山墨水蓝碧空天，
弃政邀游一身闲。
兄弟识途境界高，
来年陪你看云卷。

注：吴明权，县司法局副局长，县委第十轮巡察第三巡察组组长，于2019年5月15日至2019年5月22日驻本校巡察。

在红土乡听南部县朱书记脱贫攻坚报告有感

南部脱贫久闻名,
今日一听动感情。
我等帮扶有差距,
愧对百姓心自明。
归途山中雨如注,
车驰路面当船行。
忽觉当下扶贫事,
也如风雨此情形。
天上地下齐攻坚,
酣畅淋漓伴雷霆。
不能只有雷声吼,
刮风一阵渐消停。
坚持沉心做实事,
民心朗朗天放晴!

2018.9.20

欢迎山东滨州实验中学、重庆南川书院中学一行来我校交流(组诗八首)

其一

千里迢迢来传经,
一路吟咏到夔门。
期待两个时辰后,
放却琐事陪熊君。

其二

书院八骏临奉节,
十里相迎待宾客。
明日切磋结硕果,
不负情智洒心血。

其三

书院幸福一线牵,
两校骨干不等闲。

诗城共话新质量,
一片丹心向明天!

其四
千里来奉只为缘,
一路诗情一路欢。
今晚粗茶煮淡酒,
明朝迎进幸福园。

其五
今朝夔州起风寒,
室内晒课斗奇妍。
个个精彩催花开,
堂堂春风拂校园。

其六
一日交流收获丰,
明朝活动仍从容。
希望精神永留驻,
不做形式一阵风。

其七
时至夔门红叶艳,
一库碧水映蓝天。
勿须急急言归去,
喜看脐橙两岸鲜。

其八
白帝城头兴衰事,
千名诗人万古篇。
且看轻舟远行处,
归来三峡瞿塘边。

2019.11.28

咏乡村振兴

城市猛进许多年，
乡村已然少人烟。
欲将荒草全褪去，
只盼美舍满故园。
乡风文明拂大地，
近邻和睦谢苍天。
产兴业旺头等事，
谋求振兴绘新篇。

2019.11.2

七绝·神舟十二号三位航天员成功返回着陆（通韵）

驻扎三月问仙波，
漫步长空步履卓。
壮士东风归圣地，
天宫来客妙音多！

2021.9.17

遗传和变异

——为老婆上公开课而作

生物世界好神奇,
遗传为主又变异。
猪妈都生猪崽子,
各穿花衣真有趣。
桃花开在春风里,
一枝红白两并蒂。
同宗同源同物种,
变化多端更美丽。

2019.3.22

渝州诗友点赞幸福中学

万顷平湖美无限,
临江学堂幸福园。
依山傍水伴夔门,
举目回眸三马山。
鸣船唱弦悠悠过,
孩童晨读朗朗天。
高端大气育栋梁,
诗友点赞谱新篇。

2019.5.19

阻击"新冠肺炎"组诗三首

（一）斗瘟君

鼠年春节真闹心，
冠状病毒来扰民。
寻常百姓宅家守，
英雄逆行龙虎吟。
万众一心抗毒魔，
众志成城斗瘟君。
江城一役誓必胜，
雾霾除去天地新！

2020.1.25

（二）战疫情

子初亥末冠毒猛，
袭卷江城扰九州。
全民闭户抗疫日，
万千白衣战不休。

2020.1.30

（三）决战

亥末冠毒起武汉，
子岁新春肆蔓延。
汹汹疫情来势猛，
厉刀霍霍史无前。
封城断道堵疫路，
全民闭户防毒源。
城池寂寂成空巷，
山川座座静无言。
神州遍地战事紧，
江城重灾染万千。
可敬各地聚白衣，
争相驰援感苍天。
大小干部不言休，
联防联控总动员。
一方有难八方助，
捐款捐物渡难关。
我今宅家写诗文，
祈福祖国报平安！

2020.2.15

红土菜花开

今朝又至东风暖,
片片金黄入眼来。
春光岂止甲高好,
红土菜花肆意开!

2020.3.16 写于去红土乡太阳村扶贫的路上

注:甲高,奉节南岸重镇,盛产油菜。

感叹武汉解封

鏖战七十七日后,
解封定在四月八。
满城霓虹再起舞,
一路舟车多如麻。
九省通衢无碍阻,
八方畅行是我家。
气朗风清碧云天,
日月同辉佑中华!

2020.4.8

七律·十年

半世教人尽槁形,
十年幸福最深情。
犹言老校残垣状,
更喜新园风气清。
朝想搬迁忧质量,
暮求治学进前名。
个中甘苦向天语,
今易永安轻捷行!

2021.1.17

七律·贺孟晚舟回国（通韵）

千天幽禁牢笼散，
一路晚舟归故园。
祝语传播五洲内，
英姿飞越九重天。
红霞远眺秋阳暖，
加景回眸岁月寒。
不悔今生入华夏，
祖国强盛众心欢！

注："加景"的"加"指加拿大。

2021.9.25

七律·辛丑年陪退休教师去三峡第一村欢度重阳节（通韵）

每遇重阳敬老人，
今来峡上第一村。
哺桃育李半生苦，
戴月披星几度春。
隘口金风抚银发，
田间黄叶暖童心。
都说秋色连天好，
哪比夕晖洒我身！

2021 重阳节

七律·咏永安中学高 2021 级 "远足" 活动（通韵）

浩浩长河往东去，
我们西向溯清流。
旌旗猎猎生威步，
号鼓声声动碧秋。
一路微风歌翠柳，
几番烈日上心头。
六十华里有何惧？
誓让吴钩炼不休！

注："远足"即野外拉练，此次是沿清澈的朱衣河向西至县职教中心。

2021.9.27

百年颂歌

——献给中国共产党成立一百周年

南湖碧波轻荡漾,
先贤聚首写宏章。
红色基因始萌发,
为民宗旨满船舱。
初心不忘来时路,
牢记使命向远方。
船行艳丽耀华夏,
巨轮破浪航路长。
风雨兼程百年路,
历尽艰辛谋富强。
鏖战倭寇八年多,
驱逐丧鬼归故乡。
黑云密布风乍起,
横扫阴霾渡大江。

肩挑积贫积弱貌，
高举旗帜拓大荒。
劈开改革星光道，
战贫济困世无双。
喜看鼠年毒烟灭，
神州惊艳入小康。
几上天宫牵素手，
数下龙庭品酒香。
新时代又新征程，
永不停歇觅芬芳。
待到世纪中叶时，
中华圆梦强盛邦！

       2021.3.10